La PEOR SEÑORA del MUNDO

LOS ESPECIALES DE
A la orilla del viento
FONDO DE CULTURA ECONÓMICA
MÉXICO

Un relato de

FRANCISCO HINOJOSA

Ilustrado por

RAFAEL BARAJAS *EL FISGÓN*

en una edición conmemorativa
del 75 aniversario del
Fondo de Cultura Económica

FONDO
DE CULTURA
ECONÓMICA

La PEOR SEÑORA del MUNDO

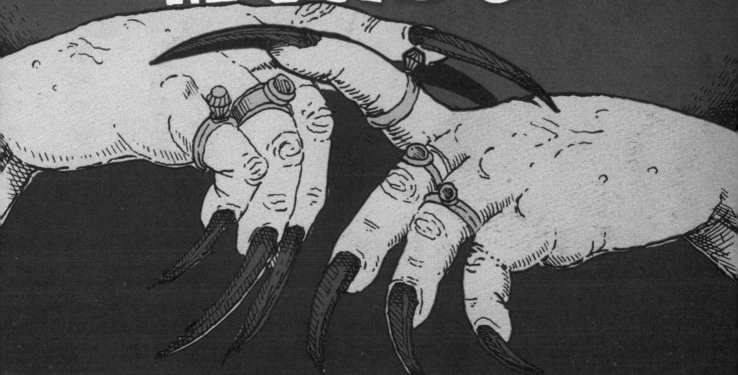

En el norte de Turambul, había una señora que era la peor señora del mundo. Era gorda como un hipopótamo, fumaba puro y tenía dos colmillos puntiagudos y brillantes.

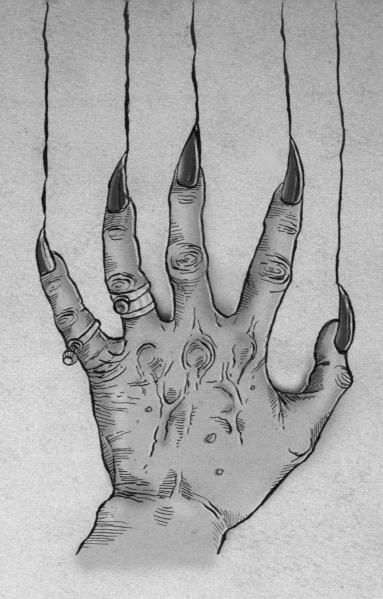

Además, usaba unas botas de pico y tenía las uñas grandes y filosas con las que le gustaba rasguñar a la gente.

A sus cinco hijos les pegaba cuando sacaban malas calificaciones en la escuela y también cuando sacaban dieces. Los castigaba cuando se portaban bien y cuando se portaban mal. Les echaba jugo de limón en los ojos lo mismo si hacían travesuras que si le ayudaban a barrer la casa o a lavar los platos de la comida.

Además de todo, en el desayuno les servía comida para perros. El que no se la comiera debía saltar la cuerda ciento veinte veces, hacer cincuenta sentadillas y dormir en el gallinero.

Los niños del vecindario se echaban a correr en cuanto veían que ella se acercaba. Lo mismo sucedía con los señores y las señoras y los viejitos y las viejitas y los policías y los dueños de las tiendas.

Hasta los gatos y las gaviotas y las cucarachas sabían que su vida peligraba cerca de la malvada mujer. A las hormigas ni les pasaba por la cabeza hacer su hormiguero cerca de su casa porque sabían que la señora les echaría encima agua caliente.

Era una señora mala, terrible, espantosa, malvadísima.
La peor de las peores señoras del mundo.
La más malvada de las malvadas.

Hasta que un día sus hijos y todos los habitantes del pueblo se cansaron de ella y prefirieron huir de allí porque temían por sus vidas.

Desde entonces, las plazas estaban vacías,
ya no ladraban los perros en las calles ni vo-
laban los pajaritos en el cielo ni buscaban
flores las abejas. Sólo se oía el silbido del
viento y el repiquetear de las gotas de lluvia
contra los tejados de las casas.

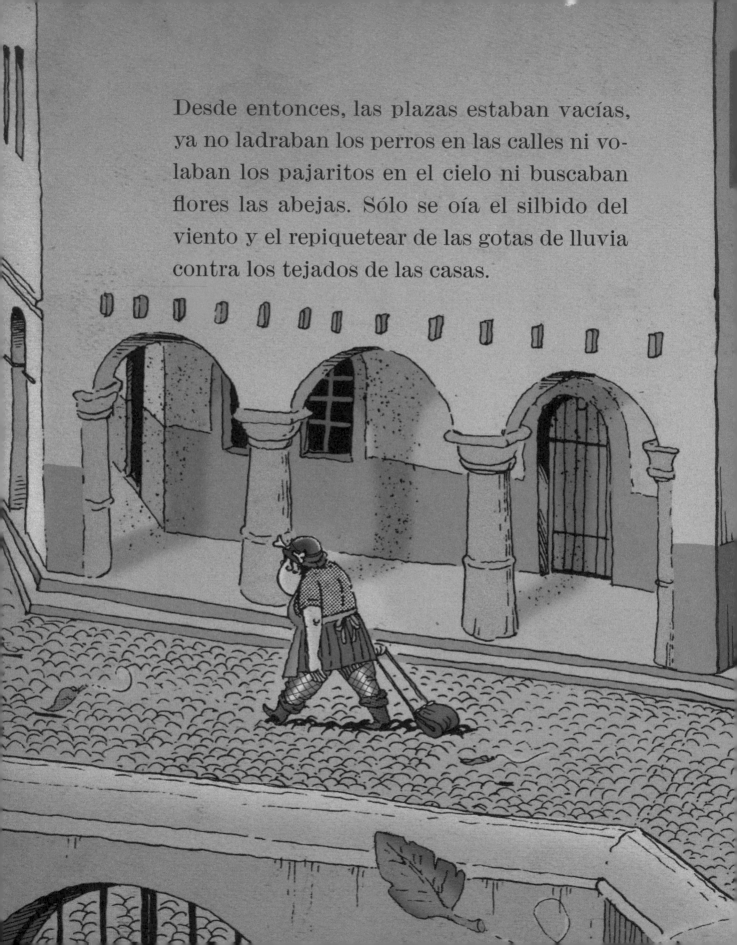

Fue así como la mala mujer se quedó
sola, solitita, sin nadie a quien molestar
o rasguñar.

El único ser que aún vivía allí era una paloma mensajera que se había quedado atrapada en la jaula de una casa vecina. La espantosa mujer se divertía dándole de comer todos los días migas de pan mojadas en salsa de chile y agua revuelta con vinagre. Unas veces le arrancaba una pluma y otras le torcía los dedos de las patas.

Cuando la pobre paloma estaba a punto de morir, la señora, desesperada por no tener alguien a quien pegarle, reconoció que sólo ella podría ayudarla para atraer nuevamente a los habitantes del pueblo.

Entonces decidió darle las migas de pan sin salsa de chile, el agua pura y, después de unos días, se atrevió a hacerle unas caricias.

Cuando estaba convencida de que la paloma ya era su amiga y de que llevaría un mensaje a sus hijos y a los habitantes del pueblo, escribió un recadito, se lo puso en el pico y la echó a volar.

QUIERO QUE ME PERDONEN.
HE RECAPACITADO Y CREO QUE
YO ERA UNA MALA PERSONA.
YA NO VOLVERÉ A SER COMO
ERA ANTES. PARA QUE ME LO
CREAN, ME VOY A DEJAR
PISAR Y RASGUÑAR POR TODOS
LOS QUE QUIERAN HACERLO.

La Peor

A los pocos días, los antiguos habitantes del pueblo volvieron, ya que la peor de todas las señoras del mundo les pidió disculpas en el recadito.

La gente volvió al pueblo, regresó a sus casas y con gran alegría rasguñó y pisó a la
horrorosa mujer.

Hasta que una noche, mientras todos dormían, ella se dedicó a construir una muralla alrededor del pueblo para que ya nadie pudiera escapar de él. Quién sabe cómo lo hizo, pero lo cierto es que una alta muralla atrapó, a la mañana siguiente, a toditito el pueblo.

Y, desde entonces, volvió a ser la peor,
la más peor, la peorcísima de todas
las mujeres del mundo.

Les pegaba cachetadas
a sus hijos.

Mordía las orejas
de los carpinteros.

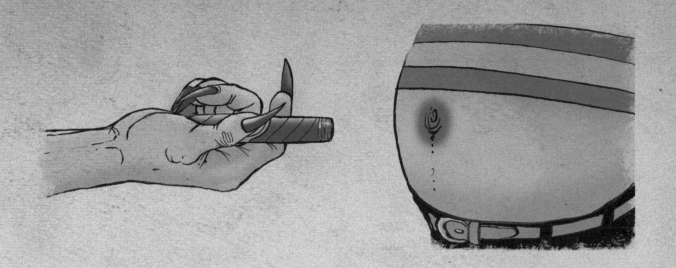

Apagaba su puro en los
ombligos de los taxistas.

Daba cocos en las
cabezas de los niños.

Asestaba puntapiés
a las viejitas.

Daba piquetes de ojos a los
generales del ejército.

Y reglazos en las manos
de los policías.

Luego le echaba carne
podrida a los perros.

Rasguñaba con sus largas uñas
las trompas de los elefantes.

Les torcía el cuello a las jirafas y se comía
vivas a las indefensas tarántulas.

Hasta los leones se portaban como gatitos
cuando la veían, porque ella les jalaba tanto
la melena que los dejaba pelones y con
lágrimas en los ojos.

Y qué decir de las flores: en unas
cuantas horas no hubo una sola
que conservara sus pétalos.

Pero sucedió que un buen día, mientras la señora dormía su siesta, todos los habitantes del pueblo se reunieron en la plaza central. El jefe de los bomberos dijo:

—Esto ya no puede seguir así.

—Es cierto —lo respaldó el boticario—. Debemos tirar la muralla y correr a todo lo que den nuestros pies.

—¿Y por qué no —preguntó un niño— la convencemos de que ya nos deje de molestar?

—Ja, ja, ja —pegaron todos una sonora carcajada, que apagaron de inmediato por temor a despertarla.

—No —intervino el más viejo del pueblo—. Lo que debemos hacer es engañarla.

—¿Engañarla? —se sorprendió el dueño de la fábrica de hielo—. ¿Cómo vamos a engañarla?

—Muy fácil —aseguró el viejito—. Cuando ella nos pegue vamos a darle las gracias. Si nos muerde las orejas, le pedimos que lo haga otra vez. Si nos rasguña, le decimos que es lo más delicioso que hemos sentido en la vida. ¿Qué les parece?

—¡Ooooh! —exclamaron todos con los ojos abiertos.

—No es mala idea —añadió el dueño de la mayor flotilla de camellos del pueblo.

Y así quedaron de acuerdo.

La señora se despertó de su siesta hecha una furia. Tenía unas ganas enormes de pellizcar a un niño. Al primero que encontró, que era su hijo mayor, lo prendió del cachete y no lo soltó hasta después de media hora. El hijo, aguantando el dolor, le dijo:

—Gracias, mamita, ¿podrías darme otro pellizco? Ándale, por favor, aunque sea uno solo...

La señora, extrañada al principio, le dijo que no, que él no merecía un premio así.

Luego se fue contra la vecina. En cuanto la vio le dio una tremenda patada en la espinilla con la punta de su bota.

Aunque le dolió en el alma, la vecina se mordió los labios, aguantó las lágrimas y le dijo a la agresora:

—Muchas gracias, muchas gracias. ¿Le podría pedir un favor?

—¡Un favor! ¡Qué favor ni qué favor! —gritó la malvada.

—Deme también una patada en las pompas. Se siente muy rico. Nunca me había pegado alguien tan bien como usted. Pega tan fuerte...

—¡No, no y no! ¿Quién se cree que es para pedirme un favor?

—¿Ni siquiera una nalgada? —suplicó la vecina con una cara, la verdad, muy triste.

Como vio que estaban sucediendo cosas muy raras, la mala mujer fue a buscar al

zapatero y le jaló los pelos tanto que se quedó con ellos en la mano.

—Muchas gracias, doña —le dijo—, le agradecería que me quitara los demás pelos. Tengo unas ganas de quedarme pelón que ni se lo imagina. Y lo hace usted con tanta delicadeza... Créame que ni el mejor peluquero del mundo lo haría tan bien.

Y así fue la peor señora del mundo con todos y cada uno de los habitantes del pueblo, hasta que llegó la noche y le dio sueño.

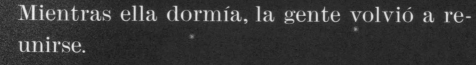

Mientras ella dormía, la gente volvió a re-
unirse.

—Creo —dijo el más viejo— que nuestro
plan está funcionando. Ahora tenemos que
seguir engañándola. Cuando a ella se le ocu-
rra hacer alguna cosa buena, si es que se le

ocurre, vamos a quejarnos como si nos doliera y fuera la peor cosa que alguien pudiera hacer.

La sonrisa se apoderó de todas las bocas, que a coro respondieron:

—¡De acuerdo!

A la mañana siguiente, la peor señora del mundo se levantó de pésimo humor. Fue a la cocina a prepararles a sus hijos su comida para perros. Hizo un fuerte coraje cuando descubrió que la caja estaba vacía.

—¡Puaj! —se quejó—. Tendré que darles de desayunar cereal con leche y miel.

Los niños, en cuanto vieron sus platos servidos, empezaron a quejarse.

—Mamá, ¿qué es esto tan espantoso?

—¡Es cereal con miel, niño tonto!

—Yo no quiero.

—Ni yo —dijo el más chico con una lágrima en los ojos.

—Prefiero comida para perros.

—Yo también —gritaron los otros al mismo tiempo.

La mamá los obligó a todos a comer lo que les había servido. Y ellos, por supuesto, pusieron tal cara de asco que parecía que se estaban comiendo un guisado de alacranes.

Después de dejar a sus hijos en la escuela se topó en el camino con el herrero, que le dijo:

—Disculpe, señora, ¿podría hacerme el favor de darme un karatazo en la espalda?

—¡No! ¿Quién se cree usted que es para pedirme un favor, eh?

Estaba la señora tan enojada y tan confundida con todo lo que pasaba a su alrededor que, sin darse cuenta, le dio una moneda al limosnero del pueblo. Éste se enfureció y le reclamó:

—¿Qué le sucede, señora? Llévese su horrible dinero a otra parte. No me insulte con su caridad.

Contenta de saber que eso no le gustaba al limosnero, sacó de su bolsa todos los billetes y todas las monedas que tenía y se los arrojó al sombrero.

Y así sucedió con todos y cada uno de los habitantes del pueblo.

Al último que encontró fue al más viejo, que le dijo:

—Muy malos días tenga usted, señora. ¿Ya se dio cuenta de que un ángel caído del cielo nos puso en el pueblo una maravillosa muralla? Todos estamos muy contentos y orgullosos de tener una muralla tan bonita.

Llena de furia, echando baba por la boca y espuma por las narices, corrió a la muralla y en menos de una hora la derribó por completo.

Desde entonces todos vivieron felices, pues la peor señora del mundo seguía haciendo las cosas malas más buenas del mundo, mientras el pueblo se divertía a sus anchas con sus engaños.

Fin

Primera edición, 1992
Tercera edición, 2010
Segunda reimpresión, 2012

Hinojosa, Francisco
    La peor señora del mundo / Francisco Hinojosa ; ilus. de
Rafael Barajas, "El Fisgón". — 3a ed. — México : FCE, 2010
    67 p. : ilus. ; 25 × 20 cm — (Colec. Los Especiales de
A la Orilla del Viento)
    ISBN 978-607-16-0210-7

    1. Literatura infantil I. Barajas, Rafael, ilus. II. Ser. III. t.

LC PZ7   Dewey 808.068 H799u

Distribución mundial

© 2010, Francisco Hinojosa, texto
© 2010, Rafael Barajas, *El Fisgón,* ilustraciones

Colección dirigida por Eliana Pasarán
Proyecto editorial: Miriam Martínez
Edición: Eliana Pasarán
Arte y diseño editorial: León Muñoz Santini
Asistente de diseño: Fernanda Echeverría

D. R. © 2010, Fondo de Cultura Económica
Carretera Picacho Ajusco 227,
Bosques del Pedregal, C. P. 14738, México, D. F.
www.fondodeculturaeconomica.com
Empresa certificada ISO 9001:2008

Comentarios y sugerencias:
librosparaninos@fondodeculturaeconomica.com
Tel.: (55) 5449-1871. Fax: (55) 5449-1873

ISBN 978-607-16-0210-7

Se terminó de imprimir en julio de 2012
en Impresora y Encuadernadora Progreso, S. A. de C. V. (IEPSA),
calzada San Lorenzo 244, Paraje San Juan,
C. P. 09830, México, D. F.

Impreso en México • *Printed in Mexico*

El tiraje fue de 7 700 ejemplares.